LE PRINCIPE

ET

LES FAITS.

Imprimerie d'Herhan, rue Saint-Denis, n° 380.

LE PRINCIPE ET LES FAITS.

Paris,

Chez A. LECLAIRE, Éditeur, rue St-Denis, n. 380,
ET CHEZ TOUS LES MARCHANDS DE NOUVEAUTÉS.

1832.

LE PRINCIPE

ET

LES FAITS.

Quelques explications sont devenues nécessaires, lorsqu'un gouvernement, qui se dit la vérité, jette sur un parti tout entier de perfides insinuations qu'il n'appuie d'aucunes preuves.

Les royalistes n'ont point de semblables réticences; ils peuvent avouer leurs principes, dire leur conduite, faire connaître leur cause, et ne cacher à leurs concitoyens ni leurs regrets, ni leurs espérances.

L'origine du parti royaliste actuel, remonte, par sa fidélité, aux premiers temps de la révolution de 1788 et 1789. Nous en retracerons succintement l'histoire, ne nous arrêtant qu'aux faits principaux, qui peuvent servir à mieux faire connaître la vérité.

Louis XVI régnait alors en France et descendait de trente deux rois, en ligne directe de mâle en mâle, par ordre de primogéniture en vertu de la loi salique, loi fondamentale du royaume. Il possédait un droit incontesté à la couronne, et ses sujets lui devaient la soumission qu'on doit à tout souverain légitime. Lors donc que la première révolution arriva, les Français durent être fidèles, et les royalistes croyent en avoir conservé le droit.

Le premier acte du règne de Louis XVI fut l'abolition des dernières servitudes dans ses domaines particuliers. Quelques années plus tard, ce prince, cédant aux exigeances des temps, assembla les états généraux pour les consulter spécialement sur l'embarras des finances.

Mais ces états outrepassant le mandat qu'ils avaient reçu, se formèrent en assemblée nationale, firent une nouvelle constitution et l'imposèrent à leur roi qui s'y soumit croyant faire le bonheur du peuple.

Deux ans après, l'assemblée nationale devenue la convention envoya ce même roi à l'échafaud, à une majorité de cinq voix seulement.

Ce crime fut celui d'une assemblée: la nation ne peut en être accusée et n'en fut pas souillée, l'appel au peuple ayant été rejetté; les régicides savaient bien que le peuple aime ses rois, et n'aurait jamais consenti à faire périr Louis XVI.

Les royalistes furent donc alors ceux qui représentèrent les véritables sentimens de la nation et qui devaient, par le seul fait de leur attachement aux principes conservateurs, être en butte à la haine des révolutionnaires : ils furent en effet l'objet des premières persécutions. On commença par les menacer, bientôt après on brûla leurs châteaux et leurs fermes, on dévasta leurs biens, et eux mêmes furent poursuivis et massacrés ; mais en 93 la terreur jetant le masque et ne gardant plus de mesures, étendit son vaste système de nivellement sur toutes les classes de la société ; l'arrêt devint général, et la guillotine en permanence. Les victimes allaient à la mort par charretées, les bourreaux ne suffisaient plus aux exécutions ; le sang ruisselait dans les rues et les places publiques ; on ne faisait aucune distinction de sexe, d'âge ou de rang, tous étaient enveloppés dans une même proscription.

Les femmes, les enfans, de simples laboureurs, des artisans tombaient sous la hache révolutionnaire. Alors ceux qui avaient *laissé passer* (1) comprirent le danger des révolutions : mais il n'était plus temps de réfléchir, il fallait mourir (2).

(1) Paroles de M. de La Fayette.

(2) M. de Chateaubriant, dans les *Études historiques*, évalue à plus d'un million, d'après les registres des villes et des communes, le nombre des victimes : voici la liste qu'il en donne d'après le républicain Prudhomme, lequel, fait observer M. de Chateaubriant, ne haïssait pas la révolution, et a écrit lorsque le sang était tout chaud. Ce Prudhomme, comme nous le rapporte l'auteur

Vainement la révolution se montrait-elle ingénieuse à varier la nature des supplices ; vainement tuait-on tout le monde ; plus il tombait de têtes, plus il se soulevait d'indignation ; la terreur, qui durait depuis dix-huit mois, devait finir par ses propres excès. Le reproche et la division s'établirent enfin parmi les misérables qui faisaient périr les autres ; ils s'accusèrent entre eux, et s'envoyèrent à la

des *Études historiques*, a composé six volumes de détails sur la révolution ; et deux de ces six volumes sont consacrés à un dictionnaire, où chaque victime se trouve inscrite à sa lettre alphabétique, avec son nom, prénom, âge, lieu de naissance, qualité, domicile, profession, date et motif de condamnation, jour et lieu de l'exécution. On y trouve, parmi les guillotinés, poursuit M. de Chateaubriant, 18,613 victimes ainsi réparties :

Ci-devant nobles........	1,278	Femmes tuées dans la Vendée	15,000
Femmes...id............	750	Enfans....id............	22,000
Femmes de laboureurs et d'artisans............	1,467	Morts dans la Vendée....	900,000
Religieuses..............	350	Victimes sous le proconsulat de Carrier de Nantes.	32,000
Prêtres..................	1,135	Enfans fusillés...........	500
Hommes et non nobles de divers états...........	13,633	Id. noyés...............	1,500
	18,613	Femmes fusillées........	264
Femmes mortes par suite de couches prématurées....	3,400	Id. noyées..............	460
		Nobles noyés.............	14,00
Femmes enceintes et en couches................	378	Artisans noyés..........	5,300
		Victimes de Lyon......	31,000

Enfin, M. de Chateaubriaut termine en disant que dans ces nombres ne sont pas compris les massacrés à Versailles, aux carmes, à l'abbaye, à la glacière d'Avignon ; les fusillés de Toulon et de Marseille après les siéges de ces deux villes, et les égorgés de la petite ville provençale de Bedoin, dont la population périt tout entière mort : Couthon, Danton, d'Orléans, furent guillotinés par l'ordre de Robespierre, et le monstre tomba lui-même sous les coups de la faction de Tallien.

On était las des échaffauds ; la mort semblait avoir épuisé son infernal crédit et devenait impossible à prononcer. Mais le directoire non moins cruel que la terreur, empruntant une forme nouvelle pour déguiser ses arrêts homicides, envoya les meilleurs citoyens mourir lentement à la Guyane par insalubrité du climat.

Tels furent les excès de la première révolution ; l'impression d'horreur qu'ils ont laissée est la plus forte garantie contre leur retour, et cependant on entend des hommes parmi nous, dire aujourd'hui qu'il faut encore des victimes ! Quel nombre leur imagination antropophage a-t-elle donc rêvé, si plus d'un million de têtes n'a pu suffire à la rassasier.

Il serait trop humiliant d'être forcé d'avouer, injuste de croire, qu'en France il ne se trouva alors aucune énergie répulsive du crime : la Bretagne, la Vendée, tout l'Ouest, Lyon, les principales villes du Midi, et d'autres encore se soulevèrent contre la république. Les provinces demandèrent de quel droit la centralisation féroce de Paris leur envoyait ses arrêts de mort et ses bannissemens mortels ; pourquoi l'on changeait en persécution leurs mœurs jadis si douces, leurs franchises locales et leurs antiques coutumes. Quatre-vingt-treize répondait :

Je suis la terreur : mourez. La Vendée résistait *quand même*.

Malheureux le pays théâtre de semblables divisions ! il offre une conquête aisée à l'ambition qui sait en profiter.

L'anarchie sanglante préparait à Buonaparte le despotisme le plus facile. Général habile, il s'empara de l'autorité, parut un libérateur, et n'eut qu'à entreprendre pour régner.

A son arrivée au pouvoir, il promit la république, et créa, sous le nom de consulat, une première forme de gouvernement qu'il renversa bientôt après. Les tribuns ayant osé montrer quelque indépendance d'opinion furent chassés, et avec eux périt l'institution même du tribunat.

La plus rigoureuse censure succéda à la liberté de la presse; toutes les libertés disparurent, et Buonaparte, qui, sous le directoire, avait juré de poignarder quiconque oserait tendre à la tyrannie (voyez le moniteur), se fit nommer empereur et devint despote absolu.

Rarement l'usurpation va sans crime. Buonaparte, pour plaire aux Jacobins et frapper le caractère de son règne à son début, fit arrêter sur le territoire étranger et fusiller dans les fossés de Vincennes, le duc d'Enghien. On trouva Pichegru étranglé dans sa prison; Moreau fut banni à perpétuité. La France vit ces forfaits, put y lire ses destins, et n'en fut point assez indignée : une grande magie de gloire militaire fascinait les yeux.

Les royalistes ne partageaient point cette illusion, mais ne pouvaient s'opposer seuls à la toute-puissance de l'époque triomphante qui dominait les esprits. Les provinces de l'Ouest, trahies dans la capitulation de la Vendée et par la mort de M. de Frotté, se soumirent au pouvoir de fait, sans admetre le principe, et conservèrent l'imprescriptible droit de regretter et d'espérer.

Buonaparte avait compris, avec les hautes capacités de son génie ce que peut devenir un jour cette force d'attente et de conviction. Il ne perdit jamais de vue les provinces de l'Ouest, s'appliqua à les gagner par des ménagemens adroits, tandis qu'il en renouvelait partiellement la population dans les villes; et lorsque, maître du monde, il voulut montrer jusqu'où pouvait aller la témérité de son courage, il traversa la Bretagne ; mais ce fut avec la rapidité d'une fuite. L'on sait qu'en lisant les mémoires de madame de la Rochejaquelein, mécontent de lui-même il jeta le livre de dépit et s'écria : Ces hommes sont des géans !

La fidélité n'est pas servile comme le prétendent ceux qui ne la comprennent pas. Soumise au seul principe qu'elle croit, elle s'incline noblement devant un roi légitime, et méprise le brutal despotisme de l'anarchie populaire, des usurpateurs et des tyrans.

Lorsque Buonaparte traitait avec la Vendée, il commandait à tout le reste. Cependant, aussi sage politique qu'habile guerrier, il savait qu'il faut accorder quelques bienfaits à ceux mêmes qu'on a soumis sans résistance. Mais ces bienfaits portaient encore le caractère de son génie sévère. Il rétablit l'ordre par la force, comprima tous les partis, réduisit les prétentions personnelles au silence, et ne releva la religion que pour s'en faire un moyen de domination de plus sur les esprits. Enfin, après la terreur, sous le gracieux empereur des Français, il fut permis de vivre à condition de se taire et d'obéir. Le tyran, à défaut du bienfait de la pensée, dont il refusait la libre expression aux hommes, leur accorda l'immense affranchissement de n'être plus tous les jours en danger de l'échaffaud. Telles furent les douceurs de son règne, dont la France asservie parut se contenter. Madame de Staël disait avec précision : On n'aime pas Buonaparte, on le préfère. On le préférait en effet aux crimes de la terreur et aux fureurs de l'anarchie.

Tandis que Buonaparte accordait quelque repos intérieur à la France, il fatiguait le reste du monde par son infatigable ambition; l'or et le sang des nations durent être prodigués pour l'élévation de sa maison. Empereur par la force des armes et le droit d'habileté, il sentit bien que sa postérité n'avait que lui et pouvait ne pas hériter des talens extraordinaires dont il était doué. Il songea donc à placer ses frères et ses sœurs sur des trônes puissans, afin de constituer en eux une force de famille.

A chaque révolution que faisait la France, l'Europe devait subir un nouveau système de gouvernement. La république en 93 avait institué des républiques partout : en Hollande, en Suisse, en Italie. Buonaparte, devenu empereur, substitua à ces républiques des rois de sa famille. Louis Buonaparte reçut en partage la Hollande ; Jérôme la Westphalie ; Joseph l'Espagne ; et Murat, qui avait été valet d'écurie (1), vit placer sur son front la couronne de Naples. Les sœurs de Buonaparte furent également pourvues de principautés étrangères ; mais les parvenus de cette famille, hommes sans talens, la mère, les filles, femmes éhontées et de mœurs dissolues, n'inspirèrent que mépris et dégoût aux pays qui se les virent imposés. Les peuples et les rois s'indignèrent d'un honteux vasselage, se réunirent pour former la coalition connue sous le nom de Sainte-Alliance, et chasser cette famille insoutenable des Buonaparte.

Un seul monarque sur le continent, l'empereur de Russie, semblait, par l'étendue de ses états et leur éloignement, devoir échapper aux prétentions ambitieuses du moderne conquérant. L'empereur Alexandre avait refusé de se soumettre au système de blocus continental organisé contre l'Angleterre, et si funeste au commerce du monde entier. Buonaparte, étonné qu'un souverain osat rester maître

(1) A Montignac, ville du Périgord.

chez lui et résister à sa volonté suprême, leva une nombreuse armée pour châtier l'autocrate de toutes les Russies. En vain ses généraux lui représentaient la témérité d'une telle entreprise, il répondait par l'autorité de ses victoires et de ses succès accoutumés. Bravant donc à la fois le ciel, la terre, les rigueurs du climat et de la saison, il partit pour cette fameuse campagne de Russie qui devait être le tombeau de sa puissance et de sa gloire. Son armée, prise au milieu des glaces du nord, y fut tout entière égorgée, et lui, revint en fugitif de Moscou, demander à la France son dernier enfant et son dernier écu (1).

La France désenchantée le reçut sans amour, sans espoir, et se soumit d'habitude au tyran qui l'implorait. Vain sacrifice d'un peuple qui n'aime plus ! il ne pouvait produire que d'infructueux efforts.

Buonaparte vaincu abdiqua. Les souverains, respectant encore en lui l'honneur du diadême qu'il avait passagèrement porté, lui conservèrent dans l'île d'Elbe quelque apparence de souveraineté.

La France, restée sans chef à la merci des puissances alliées, put comprendre alors l'immense faute d'avoir placé à sa tête un homme de fortune, assez habile pour la perdre, et trop peu pour la sauver. Mais lorsque l'on croyait tout perdu, les royalistes, dont la fidélité n'avait jamais fléchi, et ceux qui, engagés

(1) Paroles de M. Odillon-Barrot.

de bonne foi dans les divers partis, avant tout chérissaient la patrie, rappelèrent à la nation le souvenir de ses rois légitimes. Leur voix fut entendue. Un assentiment général réclama le retour des Bourbons au trente-un mars; et, par l'unanimité nationale, prouva à l'Europe coalisée qu'il y avait encore une force de volonté dans cette France épuisée de guerres, de triomphes, de gloire et de revers.

Le prince, que sa naissance portait naturellement au trône, était digne par ses qualités des transports qui le rappelaient. Louis XVIII, dans l'exil, sans cesse occupé du souvenir de la patrie, ne pensait qu'à préparer à ses peuples un gouvernement sage, qui, mêlé de force et de liberté, fût approprié aux exigeances de l'époque. Ainsi se présenta Louis XVIII, la Charte de 1814 à la main, arrêtant l'invasion étrangère que Buonaparte avait attirée.

Les souverains alliés avaient depuis long-temps conçu le projet de partager la France dont l'influence turbulente était toujours pour eux une cause d'inquiétude; mais ils comprirent qu'une telle division pourrait devenir la source d'interminables guerres. Trouvant donc plus de sûreté dans un système de conciliation, ils déposèrent leurs nombreux ressentimens, et s'unirent aux Français pour reconnaître le droit des Bourbons.

Ainsi, par le fait d'une restauration royaliste et légitime, nous eûmes la paix avec le monde; et, au lieu du règne sans libertés de Buonaparte, les Français, sous Louis XVIII, jouirent d'un droit écrit, et de toutes les franchises dont l'homme fier aime à s'énorgueillir.

Déjà, depuis un an, la France semblait se reposer de ses longues souffrances et réparer ses pertes, lorsque Buonaparte, jaloux de notre prospérité, honteux de ses défaites, et n'aimant que lui, vint de nouveau compromettre le sort du pays, et revendiquer l'empire qu'il avait abdiqué.

L'armée, accoutumée à le suivre, ne connut que sa voix, et vint machinalement se replacer sous la main du héros qui l'avait si souvent conduite à la victoire. L'erreur fut grande sans doute, mais naturelle. Qui n'a compris le prestige de la gloire militaire, et l'enthousiasme du soldat pour celui qui fut un jour son chef ?

Cependant Louis XVIII, trop faible, accablé sous le poids des infirmités, ne crut pas pouvoir s'opposer à l'entraînement de l'armée, et laissa passer le torrent. Il céda comme un père malheureux que ses enfans abandonnent, et se retira sur la frontière sans vouloir s'éloigner davantage, sûr que ses peuples le rappeleraient bientôt, et ne tarderaient pas à comparer son règne paternel aux violences d'une réinstallation militaire.

Buonaparte, rétabli par le sabre, n'était plus, aux cent jours, ce héros du bonheur qu'on accueillait autrefois avec enthousiasme. L'opinion, qu'il avait trop peu consultée, le reçut froidement, sans amour; et quand, par de tardives concessions, il voulut la regagner, elle ne crut point à ses promesses et s'éloigna de lui.

Relégué dans le fond de ses palais, l'usurpateur humilié paraissait entrevoir quelque chose de la vérité; mais, s'il doutait encore, ses courtisans ne doutaient plus. Leur nombre s'éclaircit; on vit diminuer leurs assiduités, et l'on pouvait aisément remarquer à la tiédeur de leurs empressemens tout ce que déjà Napoléon n'était plus.

Un cortége nouveau, d'une nature sinistre, remplaçait autour de lui cette cour brillante, qui naguère avait compté des rois parmi ses aspirans.

Il ne paraissait plus que rarement, et précédé d'une espèce d'hommes farouches, mal vêtus, dont l'aspect effrayant annonçait les désordres et le crime. On les nommait les fédérés. Ils parcouraient les rues avec des regards affreux et des gestes menaçans. Chacun, en les voyant, se demandait quels étaient ces inconnus d'une race perverse, de quels antres ils sortaient? s'ils étaient appelés pour inspirer la peur, ou pour commettre le forfait? était-ce là le moyen dont on allait désormais se servir pour régner?... Pourquoi s'en étonner? Brutus-Buonaparte, élève de la terreur, n'avait point renoncé à ses premiers enseignemens. C'était le même qui, sous le directoire, foudroya le peuple sur les marches de Saint-Roch, et que rien n'arrêtait dans l'accomplissement de ses desseins. Il pouvait tout oser, mais ne pouvait rien de plus. Son temps était accompli, et les jours d'impudence passés. Il fut vaincu à Waterloo, s'enfuit à La Rochelle, et vint lâchement demander la vie aux Anglais qui la lui accordèrent généreusement.

Si Buonaparte avait eu la grandeur de l'âme comme il possédait celle des talens, il aurait préféré mourir au milieu des combats à survivre à sa gloire; mais la leçon serait demeurée incomplète, et l'exemple eût été moins frappant. Il fallait que le grand homme vînt s'effacer lui-même sur le théâtre de ses étonnans succès, afin que de tout ce qu'il avait été, il ne restât plus même l'illusion.

Buonaparte, captif à Saint-Hélène, y vivait avec les sentimens d'un prisonnier ordinaire, qui, négligeant le soin d'une existence flétrie, n'éprouve plus même le besoin de laisser une pensée utile à la postérité. Il mourut sans éclat, sans vertu, sans hauteur de courage, oublié du monde entier qu'il avait inutilement bouleversé. Sa mort ne fut pas même un évènement, et sa famille, chassée de tous les trônes qu'elle avait occupés, n'offre plus après lui que les restes incommodes et turbulens d'une existence toujours déplacée.

Le fils de Buonaparte, prince autrichien par sa mère, ne peut être pour les Français que le fils d'un usurpateur téméraire qui succomba sous le poids de ses entreprises.

Si, à la faveur d'une révolution nouvelle, et profitant de la surprise d'un jour, le duc de Reichstatd paraissait un instant sur le trône de France, tous les partis accourraient pour se disputer son règne ou pour le renverser; les jacobins lui diraient : « Tu es sorti de nos rangs; ton père porta le bonnet rouge, et nous n'avons point oublié la journée de Saint-Roch. Marche donc dans nos voies : si tu veux vivre, nous exigeons toutes les licences; et si tu prétendais les restreindre, nous te renverserions. Tremble sur ton trône, car ton droit dépend de nous : tu n'es que le fils d'un usurpateur. »

Les généraux de l'empire lui diraient : « Tu es le fils d'un soldat comme nous; ton père fit étrangler Pichegru qu'il craignait, et ne put faire périr Moreau, parce que nous ne le voulûmes pas. Nous ne t'accorderons le pouvoir qu'à la condition de nous obéir. Sois maître, despote, tyran, peu nous importe; mais songe que nous voulons les honneurs, les richesses, les places, et ne t'élevons qu'à ce prix. Tu dépends de nos suffrages et de nos intérêts, car tu n'es rien sans nous que le fils d'un usurpateur. »

Les royalistes diraient : « Tu n'es à nos yeux qu'un sujet révolté, fils d'un usurpateur, usurpateur comme lui. » Or, tandis que la France, en proie à la lutte des partis, s'affaiblirait, les Étrangers, fondant sur elle, viendraient prendre part au différend sur son territoire; et après des flots de sang, le partage inévitable des provinces serait le terme honteux de nos déchiremens. Ainsi le fils de Buonaparte, aussi funeste que son père, amènerait la troisième invasion étrangère dans l'intérêt d'une famille, corse d'origine, étrangère à nos institutions, et d'une insatiable ambition.

Buonaparte, vaincu à Waterloo, le fut sans retour, et sa postérité finit en lui.

Cependant les puissances alliées mettaient de nouveau le sort de la France en délibération.

On racontait alors que Fouché, le régicide, avait proposé de donner la couronne au duc d'Orléans, et que M. de Talleyrand s'y opposa, alléguant le faible nombre des partisans de ce prince.

Vainement s'inquiétait-t-on du choix d'un souverain pour la France. Le peuple avait fixé le sien, en rappelant par des chants d'amour et des cris d'allégresse, celui que, dans son langage vulgaire, il nommait *notre père de Gand*.

(Ce mot est resté, parce qu'il est l'histoire).

Louis XVIII avançait vers sa capitale; mais avant d'y entrer, il voulut s'arrêter aux portes pour s'assurer davantage de la sincérité des vœux qui l'appelaient. Nous fûmes témoins alors, et quiconque l'a vu ne l'oubliera jamais, des transports de la population tout entière, franchissant les barrières que la révolte expirante s'obstinait encore à tenir fermée, et se précipitant au-devant de son roi pour le ramener en triomphe.

Pendant des jours et des semaines qui se succédèrent rien ne pouvait modérer l'ivresse du peuple et sa joie toujours renaissante. Il voulait voir sans cesse le roi qui lui était rendu, contempler son auguste souverain, et l'on put facilement alors comparer le retour d'un prince légitime et paternel à celui d'un usurpateur audacieux.

Louis XVIII offrira à l'histoire un règne glorieux. Après de si grandes commotions les factions s'apaisèrent; l'amnistie fut grande et sincère; les hommes des différens partis eurent part à toutes les places; on trouva d'habiles administrateurs pour les différens ministères; le commerce se rétablit; les contributions exigées par les étrangers furent promptement payées, sans que nos finances en fussent obérées; et la rente de l'état, dépassant le pair, s'éleva plus haut qu'elle n'avait jamais été sous Buonaparte (1).

Il restait un besoin d'existence pour la France, celui de voir la couronne affermie dans la famille légitime régnante. Le mariage de M. le duc de Berry fut décidé. Quand le projet vint à en être connu en Europe, l'empereur de Russie proposa pour ce prince la main de sa sœur, qui depuis a épousé le prince d'Orange. L'alliance était grande sans doute, et de nature à toucher un souverain qui, jaloux de son pouvoir, aurait voulu s'assurer un auxiliaire puissant contre la rebellion de ses

(1) Elle atteignit cent dix.

peuples. Louis XVIII n'avait point de semblables prévisions. Se fiant à l'amour de ses sujets, il refusa l'autocrate des Russies, et choisit, pour plaire davantage à la nation, une princesse de Bourbon, d'origine française comme lui, et qui comme lui descendît de Henri IV et de Saint-Louis.

Ce fut alors qu'on vit arriver en France cette jeune princesse de Naples qui devait un jour devenir l'arbitre de nos destinées. Elle se présenta à nous au milieu de la joie des fêtes et du bonheur. Des corbeilles de fleurs et des fruits du midi furent les premiers hommages qu'on offrit à sa jeunesse presque enfantine. Elle les reçut avec le sourire du plaisir et de la reconnaissance. Nos empressemens lui promirent tout, et ses aimables qualités répondirent à tous nos sentimens pour elle. Vive, gaie, sensible, pleine d'esprit, on l'aima dès qu'elle parut, on l'aime davantage depuis qu'on la connaît. Le peuple qui l'adore, répète avec un accent qu'il n'a que pour elle, elle nous plait, elle est Française, elle est à nos goûts.

Mais si nous la trouvions aimable et charmante, elle était plus encore : elle était grande, courageuse et digne d'un trône par les hautes qualités de son cœur. Ce fut au milieu de la confiance qu'inspire le bonheur qu'elle éprouva le plus effroyable renversement de fortune, et vit tout à coup tomber sous le poignard d'un assassin, son époux, son trône et son espoir.

Louvel avait frappé mortellement le duc de

Berry ; au bout de quelques heures, ce prince expirant dans les bras de sa femme éperdue, lui dit : « Adieu, chère Caroline, calme-toi, conserve l'enfant que tu portes dans ton sein. » Tout l'avenir du pays était renfermé dans ces mots, et nous fut révélé au moment solennel de la mort de ce prince. La France entière, la France pensa de même un jour, et l'indignation ralliant toutes les opinions dans un sentiment commun, l'infidélité fut suspendue par le crime même qui voulait la faire triompher.

Louvel, arrêté, ne parut point interdit; le matin du même jour, un rassemblement étrange avait paru autour de l'Élysée que le prince habitait. L'on entendait depuis quelque temps parler dans la ville de poignards, de complots. La police avait été prévenue que le crime quelque part cherchait sa victime; et le misérable assassin, conduit à l'opéra, lieu où son forfait fut accompli, s'écria en entendant le bruit d'une porte qui tombait sur ses gonds, voilà le canon... Il avait donc quelque espoir dans ce canon qu'il crut entendre; un voile ténébreux couvrit son interrogatoire, et ensevelit dans le mystère les faits de cet affreux évènement.

La mort de deux Bourbons depuis la restauration laissera d'étranges réflexions à l'avenir, et semble renfermer plus de secrets que la sagacité ordinaire des tribunaux ne peut en découvrir (1).

Les royalistes n'ont point de pareils secrets et

(1) M. le duc de Berry et M. le duc de Bourbon.

de coupables complots. On peut vivre leur ennemi; les trouver au champ libre de l'opinion et des combats ; on ne les surprendra point dans les détours obscurs du crime.

L'enfant de nos espérances était conçu; la jeune duchesse de Berry, après les premiers momens d'une douleur sans bornes, reprit énergiquement ses sens, et comprit toute sa destinée. Calme désormais, grande, forte, elle ne craignit plus rien; et quand d'infâmes misérables tentèrent, par le bruit d'une explosion, de la faire avorter (1), elle tourna la tête nonchalamment, sourit et dit : « Je sais ce qu'ils veulent; mais je porte en moi et mettrai au monde leur roi. » Ainsi devait naître et naquit (2) Henri-Dieu-Donné de France, fils d'un prince regretté et d'une mère héroïque... Avant de se séparer de son fils encore lié à ses entrailles, la duchesse de Berry, en accouchant, se rappela qu'elle avait des ennemis; elle fit appeler les grands du royaume, et s'adressant au maréchal Suchet qu'elle savait bien ne pas lui être dévoué.» Voyez, dit-elle, en lui montrant l'enfant attaché au cordon ombilical, maréchal, vous témoignerez de ce que vous avez vu (1). » Prévoyance inouïe et sublime, courage

(1) Le 7 mai, jour de la Manifestation de Saint-Michel.

(2) Le 29 septembre, jour de la Saint-Michel.

(3) Le maréchal en a témoigné : tout le monde se rappellera sa réponse à M. le duc d'Orléans, qui l'interrogeait à cet égard. « Mon-

d'une mère, voilà ce que peut la vertu dans la conviction d'un droit légitime, et ce que l'incertitude du droit ne produira jamais!... Qu'importe en effet que la naissance du fils d'un usurpateur soit d'une nature douteuse, si cette naissance ne se rattache à aucun intérêt puissant d'hérédité? L'enfant substitué, pris à l'hospice, n'aurait-il pas les mêmes droits que son père supposé, s'il parvenait un jour comme lui à en imposer habilement aux hommes. Mais l'attachement aux races souveraines légitimes est l'orgueil national des peuples, qui veulent que le roi du pays soit le fils du roi du pays. La succession royale fut toujours chez toutes les nations et jusque chez les sauvages un sentiment de nature, conservateur de l'ordre et de la tranquillité.

Le jeune Henri croissait au milieu de nous, l'enfant du pays; sa mère courageuse, élevée au-dessus du malheur, ne l'entoura point de ces précautions craintives que conçoivent les autres femmes. Elle savait que son fils était entouré de tous les dangers qu'avait courus son père; mais elle n'ignorait pas qu'un roi doit être brave avant tout, inaccessible à la peur. Dieu récompensa le courage de la duchesse de Berry. L'enfant royal, que l'on voyait

seigneur, lui dit-il, voilà la seconde fois que vous m'exprimez le même doute, et déjà j'ai eu l'honneur de vous répondre qu'il ne peut en exister aucun. Je suis plus sûr de cet enfant que je ne pourrais l'être de ceux de ma femme. »

sans cesse, se fit aimer du peuple; les soldats se le passaient dans les bras et en le pressant sur leurs poitrines juraient de lui rester fidèles.

Dans la vie prédestinée de cet enfant, l'existence de tous parut affermie. Chacun se remit avec confiance à ses entreprises particulières, et le commerce acquit un accroissement tel qu'on ne l'avait point encore vu. La France devint plus belle et plus brillante que jamais. La jeune duchesse de Berry, sensible à la prospérité publique, allait, venait partout, encourageait de sa présence l'industrie et les arts. On voyait qu'elle savait apprécier et juger; mais si rien n'échappait à la justesse de son goût, son cœur, fécond en bonté, multipliait les moyens de secourir l'indigence qui n'a pas même la ressource du talent.

Ainsi toutes les existences se trouvaient heureuses ou consolées; et l'espérance de l'avenir ajoutait au bienfait du présent.

La fortune publique, toujours soumise au cours des intérêts privés, prospérait avec eux. Ses finances riches et belles, permirent de fonder une caisse d'amortissement qui en diminuant la dette accrut le crédit. La marine construisit des vaisseaux, les cadres de l'armée se complétèrent, et la France replacée dans l'attitude imposante qu'elle doit toujours avoir en Europe, put au sein de la paix soutenir trois guerres glorieuses et justes. Le roi de France rétablit le roi d'Espagne sur son trône (1); prêta son secours à l'indépendance des Grecs, et ce que l'An-

(1) Un superbe spectacle s'offrit alors aux yeux de la capitale; de petits fossés dans les Tuileries n'interrompaient point encore la grande avenue par les Champs-Elisées, quand on aperçut de loin, venant de la barrière de l'Etoile, l'armée triomphante à son retour d'Espagne, et le duc d'Angoulême à sa tête. Ce prince, plus hardi à soutenir la couronne d'un autre, qu'il ne le fut depuis à s'emparer de la sienne, revenait vainqueur du Trocadero. Louis XVIII le reçut environné de toute sa cour, sous un dais magnifique, placé en plein air à l'extérieur du château des Tuileries: là, monsieur le duc d'Angoulême en descendant de cheval, se trouva aux pieds de son roi et dans les bras de sa famille à la vue d'un peuple entier qui l'applaudissait. L'orpheline du Temple, en embrassant son époux, connut un jour de gloire égal à toutes les grandeurs de son ame: Gloire passée, n'êtes-vous plus rien dans la mémoire de ceux qui vous ont tant admirée. La dauphine s'en souvient, et c'est le souvenir qui pèse sur toutes ses infortunes récentes. Cette princesse semblait destinée à éprouver parmi nous tout ce que les vicissitudes humaines offrent de plus inouï. Elle n'en a point conçu d'éloignement pour la France, comme l'ont prétendu les mechans qui la calomnient et cherchent à la dépopulariser; au contraire, elle nous aime profondément, et voudrait revoir la terre où se rattachent toutes les émotions de sa vie. Ce n'est plus un trône qu'elle demande, ce sont les cendres de sa famille. On a toujours jugé cette princesse injustement; il semble qu'un mal-entendu existe entre elle et nous. La malice a tâché de faire croire qu'elle nous reprochait ses malheurs; et comment pourrait-elle en accuser la nation, quand au contraire elle sait qu'on n'osa point consulter le peuple pour faire périr son père, et que la France entière opprimée sous la terreur comme elle, partageait ses dangers, ses douleurs, et faisait des vœux pour sa délivrance; mais on lui reproche un air imposant et sérieux, on voudrait qu'elle sourît à notre légèreté, et l'on oublie que sa vie tout entière fut une édu-

gleterre avec ses nombreuses flottes n'avait pu accomplir, la piraterie fut détruite, la Méditer-

cation sévère et rigoureuse. Quand restée seule dans la tour du Temple à l'âge de quatorze ans, belle, infortunée, elle recevait l'insultante visite des misérables qui avaient détenu sa famille, pouvait-elle avoir assez de repoussement, placer assez de distance entre eux et la fille des rois : les hauteurs de madame royale ne furent pas toujours inutiles aux intérêts de la France. Lorsque cette princesse sortie de prison pour aller en Autriche être échangée contre des généraux de la république, traversa le Tyrol, les premières paroles de l'archiduchesse gouvernante, furent pour lui annoncer qu'elle venait épouser l'archiduc Charles, afin que, profitant du grand intérêt qu'on portait à la fille de Louis XVI, il pût s'asseoir avec elle sur le trône de France.

Madame répondit que son roi était Louis XVIII; qu'elle n'avait pas d'autre maître que lui, et savait qu'il avait disposé de sa main en faveur de monsieur le duc d'Angoulême, conformément aux vœux de ses parens morts sur l'échafaud. Ainsi prévenue, Madame, arrivée à Vienne, au bas de l'escalier du palais de l'empereur, éprouva quelque saisissement en se voyant séparée tout à coup de la suite française qu'elle avait amenée. Mais elle ne put contenir l'excès de son émotion quand elle n'aperçut plus le chien, fidèle compagnon de la prison de son frère; elle s'arrêta et déclara qu'elle ne monterait pas un degré de plus, qu'on ne le lui eût rendu. L'étiquette autrichienne paraissait s'y opposer, l'on n'avait point d'ordre à cet égard, et l'empereur attendait. Madame ne céda point, et l'on fut obligé de satisfaire a sa demande.

L'empereur la reçut avec tous les égards qu'une généreuse hospitalité devait à de telles infortunes dans un si haut rang.

Cependant quand, le lendemain matin, les dames nommées pour le service de la princesse vinrent assister à son lever dans le riche appartement qu'elle occupait, elles la trouvèrent debout occupée de rannée devint libre, Alger fut pris; et la France, en tirant le monde d'une servitude honteuse, se mit en possession de la plus belle conquête, qui la dédommageait avec usure de toutes les colonies qu'elle avait perdues à la révolution.

Ici le principe de la légitimité que les royalistes soutiennent déploye toute la puissance de ses avantages comparé au système de l'usurpation.

La France, sous la république avait perdu Saint-Domingue, ses autres îles, et toutes ses possessions dans l'Inde.

Buonaparte livra à vil prix aux États-Unis nos immenses colonies dans l'Amérique du Nord, et ses guerres perpétuelles avaient plutôt servi à consommer les pertes de la France qu'à les réparer.

ses royales mains à refaire son lit. Les dames surprises lui représentèrent qu'elle n'était plus au Temple, et que de pareils soins devenaient inutiles. Elle répondit : « Je n'ai point oublié la prison; c'est elle qui me rend libre. Quand on sait souffrir et se servir soi-même, on ne dépend de personne. »

Ce peu de mots, prononcés par une princesse de seize ans, apprit à tout l'empire, que jamais un archiduc d'Autriche ne s'assierait sur le trône de France.

Qu'ont fait de grand et de sublime pour la patrie ceux qui aujourd'hui proscrivent Madame royale, et demandent qu'on la dépouille de ses biens? Un Baude, un Briqueville, et le gouvernement lui-même, qui partout abandonne les alliés de la France, livre la Belgique en apanage au vassal de l'Angleterre, et laisse périr la conquête d'Alger à Bonne et à Oran.

Charles X par la conquête d'Alger, ajouta à la France un pays qui valait plus à lui seul que tout ce que la révolution nous avait enlevé.

Nous ne pouvons nous refuser de présenter ici une autre comparaison, également tirée de notre histoire, et qui vient si naturellement au sujet que nous traitons, quoiqu'elle nous écarte un instant de l'époque où nous sommes.

Louis XIV fut un roi légitime conquérant : malgré les revers de la fin de son règne, il laissa la France agrandie de la Franche-Comté, de l'Alsace, de l'Artois, et son petit-fils sur le trône d'Espagne, où ses descendans règnent encore.

Buonaparte, usurpateur, conquérant, non-seulement fut chassé de ses propres conquêtes ; mais ne put conserver celles dont il avait hérité de la république, et laissa la France moins grande qne lorsqu'il la prit.

Les royalistes sont donc fondés à dire que le principe de la légitimité a toujours été la gloire aussi bien que le repos de la France, et que les révolutions en furent le malheur et l'appauvrissement.

Ce fut au moment où la brillante conquête d'Alger venait de s'accomplir que la révolution de mil huit-cent-trente éclata ; l'instant était choisi pour faire ressortir l'ingratitude d'une révolte. L'absence du ministre de la guerre, parti pour ajouter un pays immense à la France, ne fut considérée, par les conspirateurs, que comme un moyen de rendre leur entreprise plus facile. La gloire ne devait point toucher ceux que le bonheur n'avait pu fléchir. Restes turbulens de toutes les révolutions, ces hommes égoïstes sacrifièrent tout à leur ambition. Il fallait terminer la comédie de quinze ans par la catastrophe précipitée du drame le plus épouvantable.

Charles X, prince faible, mal entouré, vit le danger, et crut le prévenir en le devançant. On ne parlait plus que de refuser l'impôt, et déjà des associations menaçantes s'étaient formées à ce sujet. La presse partout soufflait le feu. Peut-être de traîtres agens provocateurs, jusque dans les conseils, poussaient-ils aux coups d'état. Ce fut alors que Charles X crut avec sincérité donner sa juste interprétation à l'art. 14 de la Charte, qui dit, qu'en cas d'urgence, au roi appartient de faire les ordonnances nécessaires au salut de l'État. En conséquence, les deux fameuses ordonnances, l'une contre les excès de la presse, l'autre sur le cens électoral, parurent le 25 juillet 1830.

A dix heures, la nouvelle n'en était pas encore arrivée dans les maisons par le *Moniteur*, que déjà l'agitation régnait dans la ville et sur les places publiques. On voyait sortir de tous côtés une jeunesse animée, portant des ordres écrits et se rendant à des postes marqués. Bientôt des groupes nombreux se formèrent, et des orateurs forcenés haranguèrent le peuple pour l'exciter à la révolte.

L'autorité, usant alors du droit souverain de tout gouvernement de comprimer l'insurrection, envoya d'abord la gendarmerie contre les rassemblemens; mais cette garde urbaine, accoutumée à des ménagemens, et d'ailleurs trop peu nombreuse, ne pouvait déployer les dernières ressources de la force. On fut obligé de faire venir des troupes : les trois sommations furent faites ; la foule tira le premier coup qui partit de la carabine d'un Anglais nommé Fox, et le combat s'engagea.

La ligne faiblit bientôt, et parut intimidée à la vue d'un champ de bataille si nouveau pour elle, où le courage devenait inutile contre des combattans cachés dans les maisons, qui tuaient à coups sûrs les soldats en précipitant sur eux des pavés. La garde intrépide résista plus long-temps, quoique écrasée, et quand l'ordre tardif arriva enfin de se retirer, des barricades rendirent la retraite impossible. Ce ne fut plus qu'un massacre épouvantable, où la fidélité succomba sous le nombre et la différence des positions. Telles furent ces journées d'exemple funeste qu'on nomma les glorieuses.

Des scènes semblables se sont sans cesse renouvelées sous le gouvernement nouveau qu'elles *avaient* établi. Ce furent les mêmes ouvriers, ivres et payés, les mêmes chefs, les mêmes mots de ralliement ; le but seul était changé ; et depuis on a qualifié de crime et de révolte ce qu'en juillet on nommait patriotisme et vertu.

L'absence de M. de Bourmont, ministre de la guerre, et l'incapacité de M. de Polignac, étaient des circonstances indispensables pour décider le succès des journées de juillet. Le maréchal Marmont, malheureux dans toutes ses entreprises, ne manqua point à la fatalité de son nom, et ne pouvait mieux justifier l'idée que l'on avait de Raguse dans l'armée.

Cependant le roi, à St-Cloud, apprenait à chaque instant que ses troupes étaient écrasées à Paris, et que la populace menaçait de venir l'assiéger dans son château. Il se retira précipitamment à Rambouillet. Là, les soldats fatigués, épuisés de faim et de revers, ne demandaient que l'ordre de se battre encore pour faire plus que l'homme ne peut en fait de courage et de fidélité. L'ordre ne fut pas donné. Charles X était vieux; une longue habitude de malheur avait éteint en lui cette confiance hardie qui sait tout braver, et que rien ne saurait arrêter. Il craignit de voir la guerre civile s'engager pour sa cause, et des considérations inhabiles d'humanité le portèrent à abdiquer.

M. le Dauphin, confus de prendre le trône de son père au moment où la révolte l'en chassait, préféra se résigner comme lui, et abdiquer à son exemple. C'est ainsi que les vertus privées de famille, insuffisantes sur le trône, ont toujours été funestes aux Bourbons. Deux rois venaient de s'annuler en quelques jours; deux règnes s'étaient effacés. Le ciel, sans doute, avait d'irrévocables desseins.

De l'instant où Charles X et son fils abdiquèrent, le droit de Henri V commença tout entier, immuable, incontesté, s'appuyant sur toutes les constitutions anciennes et nouvelles du royaume, et sur la loi salique fondamentale.

Charles X, en renonçant à la couronne, ne voulait et ne pouvait mettre de restriction au droit de son petit-fils. On ne peut, par les lois d'aucun pays du monde, traiter avec des mineurs, parce que, dans ce genre de traité, il y aurait inégalité entre les parties contractantes : le principe devient d'autant plus éminemment nécessaire quand il s'agit de la royauté. Le roi qui abdique, trouvant apparemment des difficultés insurmontables, pourrait-il, en imposant la couronne à un enfant, l'accabler, non-seulement du poids qu'il n'a pu supporter lui-même, mais y ajouter les conditions de dépendance qui lui rendraient plus difficile encore de gouverner ? Le jour où, par le fait d'une abdication ambigue, il resterait quelque influence occulte au pouvoir royal démissionnaire, il y aurait deux pouvoirs en opposition, les partisans de l'ancienne cour et ceux de la nouvelle. Le droit ainsi disputé s'avilirait aux yeux de tous, et servirait de prétexte aux ennemis du principe. Mais il existe d'ailleurs un troisième intéressé dans ces sortes de transactions d'un roi avec un autre roi ; c'est la nation. Nous pensons, sans doute dans nos sentimens royalistes, que des sujets doivent être soumis à l'hérédité royale; mais à l'hérédité royale suivant nos constitutions, lesquelles, en France, n'ont jamais parlé, ni paru reconnaître d'abdication restrictive. Nous n'admettons pas que le sort des peuples puisse dépendre des traités secrets de famille; on sait assez quel fut chez nous le sort des testamens des rois. Le trône n'est pas une possession privée, indépendante des constitutions. Ceux donc qui mirent en doute alors, si Charles X et M. le Dauphin, en abdiquant, pouvaient se réserver des droits sur la minorité de Henri V, furent, ou ces mêmes courtisans qui avaient perdu les Bourbons en les conseillant mal, ou quelques hommes vertueux auxquels leurs sentimens d'affection particulière faisaient illusion. Mais l'incertitude ne saurait être permise en fait de légitimité politique; le sort de l'état ne peut pas dépendre de l'indécision des esprits, et le royaume rester sans chef. Il est des questions de vie où l'homme doit préciser sa croyance et fixer son devoir de fidélité de peur d'y manquer.

Charles X et son fils abdiquèrent franchement; les expressions de l'abdication n'offrent aucune équivoque, et la tutelle de la mère commença avec le règne de son fils. A partir de ce principe Charles X n'avait pas le droit d'offrir la lieutenance générale du royaume à M. le duc d'Orleans, sous le règne de Henri V, et c'était une de ces funestes inspirations de la branche aînée de Bourbon de confier l'enfant de nos espérances à celui qui avait un intérêt immédiat à sa mort.

L'abdication de Charles X n'a point été forcée. Il pouvait rester roi en France ou dans l'exil. Ce prince infortuné, digne de nos regrets parce qu'il fut roi, bon, pieux, plein de sentimens de pardon et de douceur envers ses ennemis, serait encore notre souverain légitime s'il n'avait pas abdiqué. Mais il manquait des qualités nécessaires pour résister à la perfidie des temps où il vivait. Il eut de faux conseillers, d'anciens entourages de cour, trop d'indulgence, d'amitié, et trop peu d'éloignement pour des favoris sans mérite. Ces hommes qui le déconsidéraient l'ont perdu. Il faut, après des révolutions où toutes les erreurs ont combattu, présenter aux hommes une grande autorité de vertu et de franchise. La vertu seule, sincèrement indulgente, peut réconcilier les intérêts sans basses concessions. Il est sans doute pénible à des sujets révoltés d'avouer qu'ils se sont trompés; mais on peut revenir de son égarement avec honneur quand on dit : je me rends à ce qui est parfaitement droit, respectable et vrai ; je cède à ce que j'estime.

C'est là ce que l'on ne disait jamais à Charles X : ce prince, naturellement porté vers le bien, en avait le sentiment sans en avoir compris le génie, et cédait trop facilement à des conseils moins purs que le fond de son cœur. Une fois engagé dans les détours périlleux d'une politique inhabile, il s'y trouva trop avancé pour revenir, et crut devoir abdiquer. Son abdication fut vraie, car il la jugea indispensable au bonheur de la France.

Cependant, par un dernier adieu au pouvoir de la royauté, ce prince infortuné envoya l'injonction à M. le duc d'Orléans, son cousin, de protéger la minorité de Henri V, et de prendre la lieutenance générale du royaume. Le duc d'Orléans répondit qu'il ne pouvait se charger d'un fardeau si pesant; et quelques jours après, trouvant apparemment la couronne plus légère, il céda à ceux qui la lui offrirent, prit la place de Henri V et le titre de roi des Français.

On a parlé de la répugnance du duc d'Orléans à se faire roi; mais quand un *homme de cœur est décidé* à ne point accepter l'héritage d'un enfant, il en rejette l'offre avec indignation, et rien ne peut l'y forcer.

Louis-Philippe semblait être le dernier des Français qui pût aspirer au trône de la branche aînée des Bourbons. Un mur de bienfaits demandés et reçus s'élevait entre lui et ses bienfaiteurs.

L'histoire nous apprend, et c'est l'histoire de nos jours, que Philippe-d'Orléans, surnommé Égalité, père du roi des Français actuel, avait conspiré pendant la première révolution contre son souverain légitime, et qu'il fut un des juges régicides de Louis XVI. Son fils Louis-Philippe, alors duc de Chartres, prit part aux premiers actes de la révolution de quatre-vingt-onze, tant au club des jacobins, qu'aux armées révolutionnaires de la république. Cependant en quatre-vingt-treize, la faction d'Orléans ayant succombé sous celle de Robespierre, Louis-Philippe Égalité périt guillotiné; son fils, le duc de Chartres, fut chassé de France, proscrit et persécuté, *réduit* à traîner dans le monde l'odieuse existence que son père lui avait léguée. Vainement cherchait-il l'hospitalité due à son rang; les peuples et les rois la lui refusaient. C'est alors qu'il se vit contraint, pour vivre, de se faire maître d'école dans une petite bourgade de la Suisse. Humilié, abattu, poursuivi par les rigueurs de son sort, il vint implorer le pardon de Louis XVIII et de M. le comte d'Artois qui le lui accordèrent.

Il était une répugnance royale plus difficile à vaincre, un pardon qu'il fallait arracher à la nature désolée. Hé bien! la fille de Louis XVI lui pardonna! tous lui pardonnèrent; et ce fut sous les auspices de cette immense absolution qu'il put se présenter pour obtenir la main de la princesse Amélie de Naples. Rentré en France en mil-huit-cent-quatorze, Louis-Philippe, le pardonné, fut remis en possession d'une immense fortune. Charles X y ajouta le titre d'altesse royale; mais ce n'était pas assez. La duchesse de Berry, ne mettant plus de bornes à sa confiance dans la maison d'Orléans, destinait la main de sa fille à son cousin le duc de Chartres.

Vainement les royalistes inquiets avertissaient les

Bourbons qu'une conspiration se tramait, et que les d'Orléans étaient à la tête, les Bourbons répondaient : « Nous leur avons fait trop de bien pour les craindre ; tant d'ingratitude n'entre pas dans le cœur des hommes. »

La révolution de mil-huit-cent-trente arriva : le duc d'Orléans refusa son appui à Henri V, et accepta la couronne pour lui-même.

Examinons à présent la légalité du gouvernement qui se substitua à celui qu'il renversait.

Avant la révolution de mil-huit-cent-trente, il existait en France trois pouvoirs : le roi, la chambre des pairs et celle des députés. Il fallait la réunion de ces trois pouvoirs pour faire la loi. Or, quand les combats des rues, en juillet, eurent assuré la victoire à ceux qui renversèrent le trône, les vainqueurs promirent à la France une constitution nouvelle, qui devait lui assurer de plus grandes libertés que celles dont elle avait joui jusqu'alors.

De la haute position où le triomphe les plaçait, les nouveaux législateurs ne s'abaissèrent point à conserver une légalité de succession au gouvernement qu'ils créèrent. Ils déclarèrent la Charte-Vérité ; et, de leur autorité souveraine, exclurent le roi, premier pouvoir de l'État, que rien n'avait encore révoqué.

Quatre-vingt-seize pairs, qui avaient été créés sous le règne de Charles X, furent exclus par le seul fait de leur nombre. Cinquante autres s'exclurent u x-mêmes.

Les députés des provinces éloignées n'étaient point encore arrivés : on se passa d'eux. L'absence eut tort. Ainsi se virent réunis, pour composer la représentation nationale, ceux qui se trouvèrent alors à Paris, soit par hasard, soit à dessein; et leur nombre, n'ayant pu s'élever à former celui de la majorité des deux chambres réunies, ce fut incontestablement la minorité, et la minorité seule, qui se déclara la souveraineté du peuple, la nation et la France. Cette souveraineté chassa la dynastie, donna la couronne, et décida du sort du royaume.

A l'instant les télégraphes envoyèrent les ordres de la capitale dans tous les départemens. Des hommes, placés dans les diligences, allèrent dans les villes et les bourgs déclarer que le gouvernement était détruit, qu'un autre lui succédait, et que Paris prétendait être obéi. Tous les préfets et sous-préfets furent destitués; les maires, les juges-de-paix, les fonctionnaires publics furent sommés de faire un serment nouveau sous peine d'être remplacés. On cassa la garde royale, les parquets des tribunaux, et tout ce qui fut soupçonné d'attachement à la légitimité. Il faut le dire cependant à l'honneur de la majorité qui ne s'érigea pas en gouvernement : son improbation et son dissentiment furent marqués par le nombre immense des démissions volontaires et des destitutions arbitraires. Les colonnes du

Moniteur ne désemplirent plus des noms de ceux qui se virent privés de leurs places et de leur existence; et ces philantropes hypocrites, qui naguère reprochaient aux rois légitimes de n'accorder la faveur qu'aux hommes fidèles, firent, en quelques semaines de leur règne nouveau, plus de malheureux que les Bourbons en quinze années de restauration n'avaient écarté d'ennemis.

L'expédition glorieuse d'Alger devait subir le sort de tous les bienfaits de la restauration, et se voir calomniée. Elle ajoutait à la France un pays grand comme les deux tiers de son ancien territoire, et les dépenses de la guerre étaient payées par les trésors de la Casauba. Le croirait-on? Une conquête si brillante, si utile dans ses résultats, fut qualifiée d'entreprise imprudente, onéreuse à la nation. Les journaux ministériels ne cessèrent d'insulter à la victoire même, et au général qui l'avait obtenue. Le maréchal Bourmont, pour avoir conquis Alger, fut banni, proscrit, persécuté; l'Etat, qu'il avait enrichi de quatre-vingts millions, refusa de payer sa dépense d'un jour : on fouilla jusque dans le cercueil de son fils pour trouver l'or qu'on n'y trouva pas; et celui qui ajoutait l'Afrique à son pays, n'eut pas même un coin de terre en France pour reposer sa tête. Cette tête aujourd'hui est mise à prix. Le maréchal le sait, il l'a dit. Qu'on le démente donc ou qu'on l'avoue.

L'armée ne devait pas être mieux traitée que

son chef, et se vit priver de ses justes récompenses ; le soldat et l'officier ne reçurent ni l'avancement ni les décorations qu'ils avaient mérités au prix de leur sang ; d'autres furent présentés pour les recevoir, et eurent l'étonnant courage de les accepter.

Le monde vit alors ce que depuis qu'il existe il n'avait jamais vu, et ce que l'on ne reverra point ; une armée tout entière flétrie, humiliée, baisser la tête et se soumettre à l'affront qu'on lui impose pour avoir su vaincre et triompher.

Une telle confusion d'idées ne pouvait appartenir qu'à l'époque de démoralisation complette où nous vivons, et dans un temps où l'homme, après avoir servi tant de causes, ne sait plus lui-même ce qu'on doit à ses efforts généreux, à son courage, à son dévouement.

Ce fut à la faveur de ces incertitudes morales et politiques, que, profitant de la surprise de l'instant, la révolution de mil-huit-cent-trente s'établit sans résistance, et s'empara de tous les pouvoirs de l'État. Il serait inutile de vouloir le nier, tout fut livré aux vainqueurs de juillet ; le trône, l'armée, les tribunaux, les administrations diverses, les places, le trésor public, les finances, tout est dans leurs mains ; et s'ils ont mal gouverné, s'ils n'ont pas su produire un jour de bonheur, c'est qu'ils sont inhabiles, eux seuls en seront responsables à la France. Cependant, à leur pompeuse arrivée, ils avaient tout promis; la liberté pour tous, la liberté de la presse, et surtout la vérité.

Mais quand après la victoire les partis vinrent à se reconnaître, ils s'aperçurent bientôt qu'ils avaient été joués, et qu'un seul l'emportait. En vain la république demanda-t-elle ses institutions républicaines (1) au roi citoyen, le ministère républicain fût écarté, et M. de Lafayette obligé de donner sa démission du commandement de la garde nationale; et quand les buonapartistes demandèrent au pouvoir de la force, les places, les honneurs qu'on leur avait promis, et le retour de la famille Buonaparte, on n'eut aucun égard à leurs réclamations. En vain, mais trop tard, les partis crièrent-ils à la ruse, à la perfidie, et firent-ils des émeutes dans les rues, pour revendiquer leur part au succès, on se moqua d'eux, et le pouvoir qu'ils avaient aidé à établir, dédaignant même de les traiter en hommes que l'on combat, ce fut par des aspersions d'eau qu'on dispersa dans les rues ces fiers républicains, et ces braves buonapartistes.

Un seul parti ne se mêla point à ces scènes ridicules et de déception; les royalistes. Ils dirent : Nous avons été surpris aux journées de juillet, et vaincus sans défaite. Deux de nos rois nous ont abandonnés en abdiquant; leur départ nous a

(1) Programme de l'Hôtel-de-Ville.

laissés sans défense et sans ralliement; cependant notre principe n'a point changé, c'est celui de la légitimité.

Nous royalistes, nous croyons que le principe de l'hérédité est la base de toutes les stabilités, qu'il assure la paix au dehors et au dedans, et que sous l'empire de nos princes légitimes, nous avons été pendant quinze ans plus libres, plus heureux, plus respectés des nations, que sous la république, la terreur, le directoire, Buonaparte et Philippe. Nous sommes intimement persuadés que, nos concitoyens le reconnaîtront un jour, et nous rendront le témoignage que nous avons été sincères envers eux et notre pays, en leur signalant notre opinion, et les malheurs futurs que nous prévoyons.

Accablés de douleur, les royalistes se retirèrent dans leurs provinces, sans attaque, sans défense. Renfermés dans leurs intérêts privés, et se fiant au temps et à la raison, ils n'opposèrent à l'essai du nouveau système de gouvernement que la force de la discussion et l'expérience.

Les royalistes n'avaient pas tort de compter sur l'épreuve du temps. Le principe des révolutions amena ses indispensables conséquences.

Les révolutions sont l'instabilité, l'instabilité détruit la confiance, et sans la confiance il n'y a plus de commerce. Après les journées de juillet, les banqueroutes se succédèrent rapidement, et s'entassèrent les unes sur les autres; la misère et le manque d'ouvrage suivirent la chûte des fortunes; le désœuvrement et la faim produisirent l'iusurrection. Il fallut alors recourir à la force pour arrêter le désordre; mais où trouver la force quand le principe de l'obéissance est ébranlé, et que celui qui est commandé peut répondre à celui qui le commande : « Tu as désobéi toi-même, tu as renversé le trône de ton roi. »

Le nouveau gouvernement ne pouvait donc par la nature même de son institution, fondée sur la révolte et la souveraineté du peuple, réprimer les opinions et leur libre manifestation.

Les divers partis comprirent leur force; les royalistes sentirent leurs droits; tous pouvaient, à la faveur de la Charte-Vérité, manifester leur manière de voir, leurs sentimens, leurs affections et leurs regrets. Le pouvoir nouveau n'avait d'autre moyen pour les en empêcher, que d'user du despotisme, et de déchirer le voile qui cachait la tyrannie.

Les royalistes, par leur modération même, parurent au nouveau gouvernement ses plus redoutables ennemis; ils avaient le nombre, le raisonnement, l'habitude des vertus tranquilles et pacifiques qui assurent le repos de la société. Ce fut donc sur eux que l'acharnement se déploya sans forme de loi, avec tout l'arbitraire de la persécution et de la peur. Il fut aisé de distinguer les appréhensions du gouvernement à l'égard des différens partis, à la manière différente dont il agit envers eux.

Les buonapartistes affectaient de placer partout le portrait de l'Empereur à la tête de ses victoires, et le duc de Reischtad près de lui. On ne s'y opposa point.

La république planta audacieusement ses signes sinistres d'anarchie et de terreur ; l'autorité loin de s'en offenser aida à les élever et n'en craignit pas l'effet sur les esprits, plus effrayés que séduits.

La jeunesse révolutionnaire de toutes les nuances d'opinion, avait ses héros de prédilection, ces hommes d'opposition constante sous tous les gouvernemens. M. Benjamin-Constant était de ce nombre; à sa mort, toutes les écoles de Paris se réunirent pour le porter en triomphe à sa dernière demeure ; le gouvernement lui assura les honneurs du Panthéon, lorsqu'après deux ans il aurait satisfait au temps prescrit pour l'admission.

Cependant les royalistes avaient aussi leurs souvenirs, leurs jours de douleurs et de deuil. L'anniversaire du vingt-un-janvier arriva ; une loi en ordonnait la célébration religieuse, et n'avait point été révoquée. Elle ne pouvait en rien blesser la nation qui n'avait pas trempé dans le meurtre de Louis XVI, *l'appel au peuple ayant été rejeté.* Elle ne pouvait évidemment toucher que la susceptibilité de quelques régicides encore vivans ou celle de leurs fils. Ce fut donc pour eux, et pour eux seuls, que le service fut défendu dans tout le royaume, la loi violée et les prières refusées à la royale victime.

Un autre anniversaire funèbre, et de souvenir plus récent, tombait le 13 février, jour de l'assassinat de M. le duc de Berry. Ce crime était celui d'un homme, il était difficile d'imaginer qu'il existât en France quelque intérêt si puissant, inconnu jusqu'alors, pressé d'étouffer le souvenir du crime de Louvel.

Les royalistes, tous les ans, avaient l'habitude de célébrer l'aniversaire de la mort de M. le duc de Berry. Sa veuve, entourée de crêpes funèbres, se retirait dans la chapelle de Rosny où repose le cœur de son mari, et la France attristée s'unissait à ses douleurs.

En mil-huit-cent-trente, quelques jours avant le treize février, les royalistes annoncèrent dans les journaux qu'un service solennel aurait lieu à Saint-Roch, pour le repos de l'âme de ce prince. L'autorité envoya à l'instant défense au curé de faire la cérémonie; elle fut décommandée. Un autre service, moins annoncé, se préparait à Saint-Germain-l'Auxerrois. Soit que la police, avertie trop tard, craignît de renouveler une défense déjà peu motivée la première fois, soit qu'elle eût quelque autre dessein caché, le service eut lieu, et se recruta de toutes les personnes qui avaient dû se rendre à Saint-Roch. Le concours fut immense. Les hommes de toutes les opinions, et de professions diverses, libéraux, buonapartistes, républicains, pauvres ou riches s'empressèrent de venir s'agenouiller au bord du catafalque d'un prince français, véritablement populaire, moissonné à la fleur de son âge. Il semblait que par une de ces nuances indéfinissables du cœur de l'homme, ceux qui avaient laissé proscrire la postérité du duc de Berry, éprouvassent le besoin de témoigner à sa veuve courageuse, et à son fils exilé, la part qu'ils prenaient à l'une de leurs royales douleurs.

Les divers partis mêlaient des larmes sincères à celles des royalistes; et l'on vit alors briller de tout son éclat une de ces qualités distinctives des Français qui, devant certaines grandeurs d'événemens, rapproche les cœurs, confond les opinions, et ne fait de tous qu'un peuple de frères.

Le gouvernement justement inquiet, et qui, jusqu'au fond de la pensée, épiait le regret et la douleur, frémit à la vue de cette force d'union, grave, silencieuse, inoffensive. Ses agens de police, répandus dans l'église, observaient le nombre de ceux qui y étaient, leur rang, leur mise, quelle pouvait être leur profession. Ils notaient les places des personnes connues, les nuances de leurs douleurs, et jusqu'aux moindres démonstrations, pour en former un corps de délit. A dater de ce jour commença cet infâme métier de police, que seize cents mille francs alimentent pour persécuter les Français.

Mais quelque fût le désir de trouver la douleur agressive, elle n'offrit, dans son profond recueillement, rien d'hostile à la malice qui l'épiait.

La cérémonie s'acheva tranquillement, et lorsque la foule s'étant écoulée, il ne restait plus qu'une centaine de personnes environ dans l'église, un élève de Saint-Cyr, emporté par l'enthousiasme d'un jeune cœur, plaça le portrait du duc de Bordeaux sur le cercueil de son père. Un autre assistant entraîné par le même sentiment, attira la couronne d'immortelles qui était au pied du catafalque sur la tête du jeune Henri. Rien n'était plus naturel, rien de moins insurrectionnel que d'unir le fils à son père. Cependant le curé, par une prudence rigoureuse, vint lui-même détacher la lithographie, et invita les assistans à se retirer. Ils sortirent silencieusement, et l'église se ferma.

Déjà ceux qui avaient assisté au service s'étaient éloignés depuis quelques heures, lorsqu'une troupe d'hommes mal vêtus, et de figure menaçante, descendit des tertres du Louvre, et se répandit sur la place de Saint-Germain-l'Auxerrois (1). Ils vociférèrent le blasphème. enfoncèrent les portes de

(1) Beaucoup de gens, étonnés qu'en défendant le service de Saint-Roch on permît celui de Saint-Germain-l'Auxerrois, pensèrent que ce n'était pas sans dessein qu'on avait préféré une église à une autre, et qu'il y avait un piége dans cette distinction de lieu. Mais ce qui n'était qu'un doute alors, est devenu une presque certitude depuis que le gouvernement, encourageant partout les profanations, ne les repousse jamais, et envoie dans toute la France des

l'église, brisèrent les vitraux, les statues, et profanèrent à loisir, car rien ne les contrariait.

Ou pensera, peut-être, que, dans un tel sacrilége public, l'autorité s'interposa. Non, elle laissa faire, elle aida même; toutes les dépositions l'attestent, et le maire du quatrième arrondissement, M. Cadet Gassicourt, mit le comble au scandale public, en abattant lui-même la croix extérieure de l'édifice (1). Mais pour magnifier la force de la justice, le gouvernement fit arrêter, à l'instant même dans l'église, trois des gardes nationaux qui avaient assisté au service; le soir les royalistes furent pris dans leurs maisons, et jusque dans leurs lits. M. le vicomte de Conny, malade, fut traîné en prison pour avoir assisté au service de Saint-Germain. Beaucoup d'autres personnes furent également arrêtées, arrachées de leur commerce, de leurs occupations, et enfin après quarante ou cinquante jours de détention arbitraire, l'affaire instruite, il fut déclaré qu'il n'y avait pas lieu à suivre.

agens provocateurs pour compromettre tous les Français. L'église de Saint-Germain-l'Auxerrois se trouvait en face de l'endroit où furent enterrés les héros de juillet; on pouvait aisément faire croire aux frères et amis des morts qu'il y avait insulte de la part des royalistes à venir célébrer leurs regrets si près d'eux. Cette circonstance n'existait pas pour Saint-Roch; c'est pourquoi l'on y défendit le service en permettant celui de Saint-Germain.

(1) M. Arago, dans son discours à la chambre des députés, ne nous laisse point ignorer les ordres du gouvernement à l'égard de la répression à apporter aux profanations et au *pillage* de l'archevêché L'entier du système y est contenu.

Ainsi préluda la liberté de mil-huit-cent-trente. Dès le lendemain, M. de Montalivet, par ses télégraphes et ses courriers, envoya l'ordre, dans les provinces, d'arrêter les royalistes suspects de souvenirs et de regrets. Un débordement de profanations se répandit sur toute la France. Partout les croix furent renversées, les autels profanés, et les signes religieux livrés à la fureur d'une poignée d'hommes forcenés ou payés. On vit des fonctionnaires publics, des maires, des préfets donner l'ordre d'abattre les croix, et se prostituer eux-mêmes dans l'acte de leur renversement. Un sous-préfet, à Carpentras, ne pouvant se faire obéir, prit lui-même la hâche et mutila la croix à coups redoublés. A l'Archevêché de Paris, des hommes en habits de gardes nationaux, s'attelèrent aux cordes qui firent tomber le signe révéré de la religion. Partout, l'autorité, loin de réprimer les excès, suivit les factieux impies, ou les devança dans leurs impiétés. Les royalistes ne cessèrent plus d'être arrêtés dans l'ouest, dans le midi et par toute la France (1). On fit d'infâmes fouilles

(1) M. de Chollet a relevé des journaux, pour en former un corps entier d'ouvrage, toutes les profanations et vexations commises en France depuis la révolution de 1830. Il en existe déjà deux vol. in-8°, qui ne renferment que les actes illégaux commis du 1er janvier au mois de novembre 1813. Voici ce qui nous a été communiqué par extrait.

Depuis le 1er janvier 1831, il y a eu, de la part de l'autorité, cinq

dans les maisons, et jusque sur les personnes. On ne respecta ni la confession, ni le secret des familles, ni l'âge ni le sexe. Des femmes, de jeunes filles, des vieillards, des enfants, moururent de terreur à la suite d'outrages qu'ils eurent à supporter, et quand les populations indignées osèrent exprimer leur mécontentement contre une telle violation des droits, on les accusa de sentiment de rébellion envers un gouvernement si protecteur et si doux. Des troupes françaises furent envoyées dans les provinces pour les soumettre à la persécution. Mais ce n'était pas assez de poursuivre la manifestation extérieure, d'indignes agens provocateurs furent chargés d'épier la pensée, de l'inviter à se trahir pour l'ériger en crime.

Voilà la Charte-Vérité, ses actes et ses hommes. Les auteurs de pareils actes ne peuvent être d'honnêtes gens, comme on entend quelques esprits fai-

cent douze violations de lois au détriment des royalistes et des catholiques, et cela seulement dans l'ouest et le midi.

Sacriléges.	15
Visites domiciliaires.	258
Violations de propriétés.	70
Massacres.	11

Il faut ajouter à ce nombre 227 jugemens de journaux. Les mois qui suivent novembre ont été tellement remplis de vexations arbitraires en tous genres, qu'il est impossible d'en calculer la proportion avec ceux qui les précèdent.

bles le dire de tel ou tel individu qui paraît plus habile ou moins persécuteur que les autres. Sans doute, dans des temps de révolution il peut y avoir de grandes erreurs de bonne foi; chacun peut croire une forme de gouvernement plus utile qu'une autre; mais, entre la vérité et le mensonge, il n'y a point à se tromper. Le mensonge est l'œuvre du menteur, la fourberie l'œuvre du fourbe, et celui qui tend des piéges à ses semblables pour les trahir est un misérable que l'on devrait étouffer, s'il y avait un principe de vitalité morale dans la société dont il fait partie. On nous parle du gouvernement primitif comme modèle de perfection, de république chez des hommes simples, et nouveaux. Eh bien! là, chez ces hommes simples plus près que nous de la nature, chez les sauvages, il existe une foi publique, une sûreté entre les individus de la même peuplade, et le châtiment suit de près la délation et la perfidie. Ces hommes montent à la civilisation, et nous en descendons.

L'indignation est à son comble. Voici donc ce que disent les provinces : Ce n'est point nous qui avons renversé l'ancien gouvernement; nous nous trouvions heureuses sous nos rois légitimes, et nos mandataires n'avaient point mission de changer notre constitution, lorsque nous les avons chargés de voter l'impôt et les lois : vous seuls avez fait la révolution de juillet, et nous l'avez envoyée par vos télégraphes et vos héros de pavés. Vous seuls en êtes responsables envers la nation, ainsi que de tous les malheurs qui l'ont suivie.

Vous avez ruiné le commerce et le crédit, doublé l'impôt, attiré la misère sur le peuple, troublé le repos et l'existence de toutes les classes de la société. Vous avez eu plus de trente émeutes depuis dix-huit mois que vous régnez, et vous ne pouvez y mettre un frein, car c'est la souveraineté du peuple qui marche contre vous. Vous avez médité la guerre civile pendant quinze ans de conspiration contre le gouvernement que vous reconnaissiez; vous avez commencé la guerre civile en juillet, en tirant les premiers sur les troupes du roi auquel vous aviez prêté des sermens de fidélité; vous continuez la guerre civile à présent en outrageant la population par des actes arbitraires, en troublant le culte, en renversant les croix, en violant l'asile de nos maisons et de nos familles, en détruisant nos colléges, nos monastères, et en nous envoyant vos chefs de bandits et vos espions. C'est vous qui levez le fer contre les citoyens, en plaçant soixante mille Français en Bretagne pour soutenir vos vexations et votre tyrannie.

Où sont les bienfaits qui compensent les maux que nous avons soufferts? Vous laissez périr la conquête d'Alger et les dix mille hommes de troupes qui y restent sans secours! On vous accuse de vendre la colonie aux Anglais; vous y répondez mal. Jurez donc d'apporter vos têtes si la colonie est vendue!

Si les intérêts sont livrés, l'honneur n'est pas mieux défendu, car vous avez abandonné tous les peuples que vous avez soulevés; l'histoire en est palpitante encore!

A Bruxelles, un mois après les journées de juillet, jour pour jour, la révolution se fit aux cris de la révolution de France et à ses couleurs tricolores. L'insurrection éclata aux mêmes cris et aux mêmes couleurs en Pologne, à Dresde, à Mayence, en Italie, en Suisse, et partout ces cris et ces couleurs ont été suivis de la misère et du désespoir des nations.

Vous avez outragé le ciel, les peuples et les rois. Craignez donc le ciel; car les peuples et les rois sont armés contre vous, et tandis que leurs ambassadeurs feignent de vous reconnaître pour mieux vous abuser, leurs foudres s'apprêtent à fondre sur vous. Or, quand l'Europe, avec un million d'hommes armés, viendra sur nos frontières, qu'aurez-vous à lui opposer? Où sont vos généraux fameux, vos soldats aguerris, vos trésors inépuisables, vos talens extraordinaires, votre popularité?

C'est alors que du sein de la détresse vous crierez: A nous les provinces! à notre secours la Bretagne! la Vendée! le Midi et le Nord!

Le Nord et le Midi, l'Ouest et l'Orient, auront droit de répondre : Nous voilà prêts à combattre; mais pour la liberté! Ne pensez plus que ce soit désormais pour que Paris nous opprime que nous prodiguerons le sang de nos enfans et les trésors de notre sol. Nous ne sommes plus à ces jours de déception et d'esclavage où la capitale nous envoyait des décrets révolutionnaires et des lois de sang. Le peuple, dites-vous, a des droits : serions-nous seuls privés des nôtres? Nous avons été patiens autant que la prudence nous y forçait; vous nous traitez en provinces conquises; ce n'est pas sur ce pied que nos ducs, nos comtes et nos souverainetés s'unirent au royaume de Paris : nous ne l'avons pas rendu si puissant pour qu'il nous opprimât un jour. Nous voulons être égaux. Retirez donc vos janissaires, vos sicaires, vos sbires, vos Vidocq et ceux qui les envoient; nous saurons bien, sans votre patronage perfide, soigner nos intérêts, faire nos conditions et nos traités.

Que l'étranger paraisse sur nos frontières, nous y paraitrons armés devant lui. Il verra si nous avons dégénéré de nos pères; si nous ne sommes plus ces mêmes Celtes que César ne put vaincre, et que Buonaparte croyait prudent d'épargner. Nous leur dirons : est-ce la guerre que vous voulez, ou préférez vous la paix? nous sommes prêts à tout accepter; mais avant de verser le sang des populations, écoutez-nous.

Depuis nos longues divisions intestines, il s'est formé plusieurs partis en France. Il en est un qui voulut les opprimer tous, qui a chassé ses rois, abattu les autels, semé la discorde et la fureur dans le monde. Un autre parti, et c'est celui que nous croyons, a conservé son culte, et le respect à toutes les légitimités établies sur la terre. L'homme, dans nos principes, reste soumis aux lois, le fils à son père, l'inférieur au supérieur. C'est par ces sages dépendances, que nous comprenons la liberté et l'honneur. Nous voulons conserver la colonie d'Alger, que nous avons conquise au prix du sang français, et sous nos rois; nous rejetons le joug honteux de l'Angleterre sur le continent et sur les mers; nous ne reconnaissons l'empire d'aucun ennemi soit au dehors, soit au dedans. Et si vous parveniez à force de soldats à nous soumettre pour un temps, vous nous retrouveriez dans l'intérieur de notre pays, derrière nos haies, dans nos chemins creux, jusques dans nos maisons, constamment appliqués à vous nuire et à vous expulser. Vous apprendrez ce que c'est qu'un peuple d'hommes libres, décidés à mourir jusqu'au dernier. Songez-y, car nous sommes gens de parole et de fidélité. Voyez si vous nous trouvez assez fiers, ou assez pacifiques pour faire alliance avec vous.

Alors si l'étranger dans sa vengeance aveugle, nous confond avec les perturbateurs du monde, et veut la guerre à tout prix, nous l'accepterons quand-même; mais si, touché de nos justes représentations, il s'arrête et dit : vous n'avez point troublé le repos des populations, en y portant l'insurrection; nous respectons les droits d'un peuple libre, qui vit tranquille avec lui-même dans ses limites naturelles, sans inquieter les autres nations. Nous désirons la paix et retirons nos troupes. Alors nous signerons le traité pour la conservation de notre territoire, et nous tournant vers Paris, nous lui dirons :

« C'est vous qui avez causé tous les malheurs de la France, attiré l'étranger dans nos paisibles campagnes. Nous n'avions rien fait pour rompre le pacte qui nous unissait à vous, ce n'est point nous qni créant un jour une constitution nouvelle, vous l'envoyâmes par nos télégraphes, avec ordre d'y obéir. Nos troupes n'inondent point vos villages et votre ville pour y dicter des lois, et forcer les habitans à des sermens nouveaux qui leur répugnent. Nous avions droit aux mêmes procédés de votre part; vous aviez les mêmes devoirs à remplir envers nous; mais vous avez tout méconnu dans votre vertige révolutionnaire, et tout violé. Nous ne troublerons point votre liberté, nous garderons les nôtres. Voilà le langage que commencent à tenir les provinces, et déjà leurs journaux particuliers indiquent assez cet esprit de patriotisme local qui s'affranchit de la centralisation tyrannique. Il faut que Paris y prenne garde, les provinces se séparent de lui, et sans elles il ne peut s'alimenter et vivre. Il est plus que temps d'y penser, d'arrêter la persécution dans l'ouest et le midi, et d'en retirer les troupes.

Les grandes capitales, comme les rois, ont leurs

flatteurs qui les trompent, leur font croire qu'elles sont toutes puissantes; qu'on leur obéira toujours, et qu'elles peuvent abuser. Elles abusent, elles comptent sur leurs nombreux habitans, sur leurs richesses, et cette grande montre de toutes choses qu'elles étalent fastueusement aux yeux. Mais quand le danger vient, qu'il est aux portes, c'est alors que l'on comprend, mais trop tard, l'insuffisance de ce vain ornement de la prospérité, qui énerve les hommes et ne les secoure point dans le malheur. On relève à la hâte de vieux murs dégradés, on fait de nouvelles fortifications, on creuse des fossés. Vains obstacles, jeux d'enfans, dont le moindre ennemi triomphe facilement, souvent le coup part de l'intérieur, renverse ces barricades ridicules et jette une grande ville à la merci du premier occupant; une faction l'emporte : un tyran s'établit.

Ceux qui n'ont jamais trompé leur pays, ne préfèrent point les provinces à la capitale, ni Paris aux provinces, ils aiment tout ce qui est la patrie, et avertissent leurs concitoyens afin qu'ils s'unissent contre le commun danger.

Il serait funeste de s'aveugler plus long-temps. L'étranger à droit d'être irrité contre nous : nous l'avons offensé, il se prépare à nous attaquer. S'il ne vient pas cet hiver, c'est pour agir plus sûrement au printemps.

Les provinces sont irritées contre le gouvernement actuel qui les opprime. Elles ont lieu de l'être, il est à craindre qu'elles lui refusent leurs hommes, leur argent, leurs contributions, leurs secours.

Alors Paris succombera, et la patrie avec lui. un partage deviendra inévitable, soit par l'invasion étrangère, soit par l'intérieur, et le nom de France disparaîtra de dessus la terre. Ainsi Rome périt par les divisions du bas empire.

Mais ceux dont la mauvaise foi nous a conduits où nous sommes croyant échapper à l'argument qui les presse, s'élancent par un écart subit dans l'empire des suppositions, et disent : pourquoi la duchesse de Berry, est-elle sur le continent? elle y est parce qu'elle le veut. Aurait-elle conçu l'audacieux dessein de rentrer en France? hé! pourquoi non, qui pourrait l'en empêcher! quel crime a-t-elle commis contre nous? quel mal nous fit-elle? et qui de nous voudrait la priver de l'air qu'il respire (1)? serait-ce Philippe, ou la reine Amélie qui vivaient heureux eux et leurs nombreux enfans à l'ombre de cette branche aînée des Bourbons dont ils occupent la place aujourd'hui?

Si la reine Amélie, soumise au rigoureux devoir d'épouse et de mère, prend la fortune d'un autre, s'asseoit dans tous ses biens, et voit sans déplaisir ajouter un trône aux douze millions de rente dont héritaient ses fils, pourquoi la duchesse de Berry n'aurait elle pas aussi des devoirs de mère et de

(1) C'est M. de Briqueville, mais il n'est pas la nation; et les députés ne se sont pas encore déclarés la convention, pour rejeter l'appel au peuple.

tutrice à remplir? Serait-ce parce que ses enfans sont plus malheureux, et qu'exilés, privés de la patrie, ils n'ont dans le monde que le courage de leur mère, qu'il faut les en priver encore? hé! vous, hommes sans pitié, qui poursuivez une femme héroïque jusques dans son dévouement sublime, vous la mépriseriez si vous pouviez la réduire à n'être que ce que vous voudriez bien qu'elle fût.

On vous entend dire quelquefois, les Bourbons sont sans courage; ils ne savent que fuir et ne reviennent jamais, ils n'ont point de témérité; et si la duchesse de Berry s'avance, vous dites: voilà ces Bourbons qui ramènent la guerre civile, et viennent encore troubler notre prospérité. Quelle prospérité, grand dieu! le ciel, dans sa colère, a-t-il de plus terribles vengeances, et peut-il châtier davantage. Mais enfin il est un dilemme dont vous ne pouvez sortir, il faut que la duchesse de Berry revienne, ou ne revienne pas. N'importe ce qu'elle fera, vous êtes décidés d'avance à la blâmer. Supposons donc avec vous, puisque vous nous en menacez, qu'elle arrive. On saura la vérité. Du moins le vœu de la nation se fera connaître. Si les populations indignées la repoussent avec horreur, nous pourrons apprécier ce que dix-huit mois d'exil et de calomnie ont produit de changement dans les cœurs, et combien est fragile la popularité qui repousse aujourd'hui ce que hier elle adorait. Mais, si, à l'arrivée de la duchesse de Berry, le peuple enthousiasmé se précipitait de toutes parts sur ses pas pour la porter en triomphe ; quel bonheur pour Philippe, qui n'accepta la couronne qu'à regret, d'en déposer l'insupportable poids aux pieds de ceux qui l'accablèrent de bienfaits, et de descendre d'un trône où l'amour ne le porte point.

Voyez donc, puisque vous en faites sans cesse l'appel à notre imagination, la duchesse de Berry se présenter seule, sans crainte, à la France ; non plus comme autrefois elle y parut dans sa première jeunesse, en royale fiancée qu'on mène à son époux; mais avec quelques traces d'un âge différent, quoique jeune encore, et après de grands malheurs. Voyez là traverser les même villes, parcourir cette route que jadis elle trouva jonchée de fleurs à son passage, et disant : Je reviens, c'est moi ; je viens demander l'héritage de mon fils !

Hé bien ! nous, royalistes sincères, toujours prêts à juger honorablement de nos concitoyens, de quelque opinion qu'ils soient, nous pensons qu'il n'y a point en France de cœur si farouche, si rebelle qui ne cède à ces mots touchans : Je viens demander l'héritage de mon fils. Tous en seront émus, jeunes, vieux, enfans, républicains, libéraux, buonapartistes. Les femmes sentiront tressaillir leurs entrailles et diront : voilà cette veuve infortunée dont nous avons plaint les malheurs, cette héroïne dont le courage honore notre sexe, la femme forte qui vient se placer à la tête de nos droits sacrés de tutrices et de mères. Si nous abandonnons sa cause, nous renonçons à la nôtre, nous ne méritons plus le respect des hommes, et l'amour de nos enfans, nous ne serons plus rien dans nos familles. Ainsi parleront les femmes; et les hommes viendront se porter forts dans la cause du faible, de la veuve et de l'orphelin. S'il en était ainsi pourtant, où se trouverait placée la souveraineté du peuple.

Il ne nous appartient pas, sans doute, de décider à qui, en pareil cas, l'empire resterait. Dieu seul dispose des couronnes, les donne et les ôte suivant son bon plaisir, sa justice rigoureuse, sa clémence ou sa colère. Mais s'il cache à nos yeux ses impénétrables desseins, il a placé au fond de la conscience de tous, une force d'évidence qui nous fait connaître ce qui est juste, noble, généreux, et grand, et il juge en dernier ressort quand la terre a jugé.

TABLE DES MATIÈRES

CONTENUES DANS CETTE BROCHURE.

Il fait fusiller le duc d'Enghien.
Pichegru est étranglé dans la prison.
M. de Froté est fusillé en infraction du traité avec la Vendée.
Moreau est banni.

BUONAPARTE EMPEREUR.

Il chasse le tribunat.
Abolit la liberté de la presse.
Il fait ses frères rois.
Blocus continental.
Buonaparte attaque l'empereur de Russie.
Il est vaincu à Moscou.
L'armée française est détruite.
Il revient demander le dernier homme et le dernier écu de la France.
En 1814, première invasion des étrangers en France pour se venger de Buonaparte.
Il abdique.
Il est relégué à l'île d'Elbe.
Il revient.
En 1815, seconde invasion des étrangers contre Buonaparte.
Il demande la vie aux Anglais à La Rochelle.
Les Anglais la lui accordent.
Il est relégué à Sainte-Hélène.
Il meurt sans éclat.
Son fils n'est rien à la France.
Quel serait le sort de son règne.

LES BOURBONS.

En 1814 et en 1815, ils empêchent le partage de la France que voulaient les étrangers.
Ils règnent quinze ans.

Paix générale.
Mariage de M. le duc de Berry.
Arrivée de Mme la duchesse de Berry en France.
Assassinat de M. le duc de Berry.
Accouchement de Mme la duchesse de Berry.
Elle montre l'enfant encore attaché à son corps par le cordon ombilical.
Naissance d'Henri-Dieudonné, duc de Bordeaux.
Le repos de la France assuré par la naissance de l'héritier du trône.
Le commerce florissant.
La rente de l'État monte à 110.
Caisse d'amortissement.
La marine fait des vaisseaux.
L'armée se complète.
Trois guerres glorieuses.
Guerre d'Espagne.
Le duc d'Angoulême vainqueur du Trocadéro.
Le roi d'Espagne remis sur son trône.
La France combat pour l'indépendance des Grecs.
Navarin.
Guerre d'Afrique.
Alger est pris.
Les quatre-vingts millions de la Casauba payent les frais de la guerre.
On détruit la piraterie.
La Méditerranée devient libre.
La France acquiert une immense colonie.

CONSPIRATION CONTRE LES BOURBONS.

Comédie de quinze ans.
Association pour refuser l'impôt.
La presse provoque pour pousser aux coups d'état, article XIV de la Charte.

Le 25 juillet, paraissent les deux ordonnances, l'une sur la presse, l'autre sur le cens électoral.

Attroupemens dans les rues.

On envoie d'abord la gendarmerie.

On envoie les troupes.

Les trois sommations sont faites.

Le premier coup part de la foule.

C'est un Anglais nommé Fox qui tire sur les troupes du roi.

Combat dans les rues.

On tue les soldats à coups de pavés.

Le roi à Rambouillet.

Les régimens demandent à se défendre.

Charles X abdique pour éviter la guerre civile.

Monsieur le dauphin abdique à l'exemple de son père.

Le duc de Bordeaux devient roi sous le nom de Henri V, d'après les constitutions du royaume.

Charles X envoie la lieutenance générale au duc d'Orléans, son parent et son obligé.

Le duc d'Orléans refuse de faire proclamer Henri V.

RÉVOLUTION DE JUILLET 1830.

Le roi, premier pouvoir de l'État, est exclu avant d'être révoqué.

Cent pairs sont exclus à cause de leur nombre.

Cinquante se retirent d'eux-mêmes.

Les députés éloignés ne sont pas encore arrivés; on ne les attend pas.

Quelques pairs, quelques députés, ne formant entre eux que la minorité des deux chambres, font la nouvelle constitution.

Déclarent la Charte-Vérité.

Louis-Philippe d'Orléans, roi des Français.

Les télépraphes et les diligences portent dans les provinces la nouvelle constitution faite à Paris par la minorité des chambres.

Le nouveau gouvernement promet toutes les libertés.

La liberté individuelle.

La liberté des cultes.

La liberté de la presse.

L'égalité des droits.

On destitue tous les préfets.

Sous-Préfets

Maires.

Juges de paix.

Les parquets des tribunaux.

La garde royale.

Tous les fonctionnaires publics qui refusent un nouveau serment contraire à l'ancien et à leur conscience.

Le nouveau gouvernement joue tous les partis.

Chasse le ministère républicain.

M. de La Fayette quitte le commandement de la garde nationale.

Emeutes dans les rues.

Aspersions d'eau contre les républicains et les Buonapartistes.

Les royalistes retirés de tout ce qui se passe, protestent contre l'illégalité, et avertissent des malheurs qui doivent en arriver.

La conquête d'Alger calomniée, déclarée onéreuse à la nation.

M. de Bourmont est proscrit, sa tête est mise à prix.

On fouille dans le cercueil de son fils.

On ne donne pas les récompenses à ceux qui ont combattu en Afrique.

On les donne à d'autres.

Ils acceptent.

Dix mille hommes restent à Alger sans secours.

On ne répond pas affirmativement si la colonie n'est pas le prix d'un traité secret avec l'Angleterre.

On le saura plus tard.

Six mois après les journées de juillet, arrive l'anniversaire du 21 janvier.

On défend le service anniversaire de la mort de Louis XVI, ordonné par la loi.

Le 13 février, anniversaire de l'assasinat de Monsieur le duc de Berry.

Service défendu à Saint-Roch.

Service souffert à Saint-Germain-l'Auxerrois.

Pourquoi ?

On arrête ceux qui ont assisté au service de Saint-Germain.

M. de Conny est pris malade dans son lit.

Tous les prisonniers sont relâchés au bout de quarante jours, n'ayant rien contre eux.

Monsieur de Montalivet envoie dans tout le royaume, l'ordre d'arrêter les royalistes.

On abat les croix.

La persécution commence.

Les journaux subissent deux cent vingt-sept jugemens.

On vote seize cent mille francs pour la police.

Vidocq est envoyé avec sa bande dans la Vendée

Cinquante mille hommes de troupes françaises sont employés à opprimer l'Ouest.

Vingt-cinq mille à opprimer le Midi,

On prend les propriétes particulières.

Malheur général.

Le gouvernement en répond à la France.

Le commerce tombe.
Les manufactures tombent.
Les banqueroutes se succèdent.
La rente baisse.
L'impôt augmente des deux tiers.
Le peuple meurt de faim.
Il y a plus de trente émentes en quinze mois.

PROVOCATIONS AUX ÉTRANGERS.

Le 25 août 1830, révolution à Bruxelles aux cris et aux couleurs de la révolution de Paris en juillet.
Insurrection en Pologne.
Monnaie d'Alger trouvée à Varsovie.
Insurrection à Dresde aux cris de Paris.
Insurrection à Mayence.
Insurrection en Italie.
Insurrection en Suisse.
Ressentiment des étrangers.
Ils se préparent à nous attaquer.
Leurs ambassadeurs feignent avec nous.
Nous avons pour résister à l'univers et à l'intérieur trois cent mille hommes.
La garde nationale mobile.
Philippe.
Sa popularité.
Les provinces en veulent à Paris qui leur a envoyé la Charte-Vérité, la persécution, et l'impôt doublé.
Elles veulent la décentralisation.
Elles parlent de refuser l'impôt.
Leurs hommes ne veulent pas marcher.
Que ferons nous?
Il faut se hâter de calmer les provinces.
Il faut que les partis s'entendent pour l'intérêt commun.
Les bons Français ne préfèrent point Paris aux provinces, ni les provinces à Paris.

Les royalistes avertissent leurs concitoyens.
Les journaux menacent de l'arrivée de madame la duchesse de Berry.
Quel mal a-t-elle fait?
Qui peut l'en empêcher?
Quels sont ses devoirs de tutrice et de mère.
Supposition que le peuple la repousse.
Supposition qu'il l'accueille avec amour.
On saura la vérité.
On verra la souveraineté du peuple.
Philippe serait heureux de rendre la couronne à ses bienfaiteurs,
Nous ne décidons point à qui le trône resterait.
Dieu seul donne et ôte la couronne.
La conscience.

ERRATA.

Page 18, ligne 21, elle est à mon goût, *lisez*: elle a nos goûts.
23, 3e ligne de la note, la grande avenue, *lisez*: la grande arrivée.

www.ingramcontent.com/pod-product-compliance
Ingram Content Group UK Ltd.
Pitfield, Milton Keynes, MK11 3LW, UK
UKHW021312190726
13839UKWH00007B/1181

9 782329 133713